NEEM THE HALF-BOY
by IDRIES SHAH

Yarım Oğlan Nini

YAZAN: İDRİS ŞAH

HOOPOE BOOKS

Once upon a time, when flies
flew backwards and the sun was cool, there
was a country called Hich-Hich, which means
"nothing at all."
This country had a king, and it also had a queen.

Bir zamanlar, sineklerin geri geri uçtuğu ve güneşin buz gibi olduğu zamanlarda Hiçhiçistan diye bir ülke varmış. Bu kelime 'hiçbir şey' anlamına geliyormuş.

Bu ülkenin bir kralı, bir de kraliçesi varmış.

Now the queen wanted to have a little
boy for a son because she didn't have one.
    "How can I get a little boy?" she asked the king.
    "I don't know, I'm sure," the king replied.
    So the queen asked all the people, and they said,
    "We are very sorry, but we can't tell Your Majesty how
to get a little boy."
(They called her "Your Majesty" because you always call
    queens — and kings too — Your Majesty.)

Kraliçe, oğlu olmadığı için küçük bir oğlan çocuğu olsun istiyormuş. "Ne yaparsam bir oğlum olabilir?" diye sormuş krala.

Kral da "İnan ben de bilmiyorum," demiş.

Sonra kraliçe bunu herkese sormaya başlamış, insanlar da, "Çok üzgünüz ama bir oğlunuz olması için ne yapmanız gerektiğini biz de bilmiyoruz Majesteleri," demişler.

(Ona "Majesteleri" diye hitap ediyorlarmış çünkü kraliçelere -ve krallara- Majesteleri diye hitap edilir.)

So the queen asked the fairies, and they said,

"We could go and ask Arif the Wise Man."

The wise man was a very clever man, and he knew everything. So the fairies went to the place where Arif the Wise Man lived, and they said to him,

"We are the fairies from the country of Hich-Hich. That country has a queen, and she wants a little boy, but she doesn't know how to get one."

"I'll tell you how the queen can have a little boy for a son," said Arif the Wise Man, with a smile.

Ardından, kraliçe perilere sormuş ve periler de,
"Gidip Arif adındaki Bilge Adam'a sorabiliriz," demişler.
Bu bilge adam, çok zeki bir adammış ve her şeyi bilirmiş.
Böylece periler Bilge Adam Arif'in yaşadığı yere gitmişler
ve ona,
"Biz Hiçhiçistan ülkesinin perileriyiz. Ülkemizin kraliçesi
küçük bir oğlu olmasını istiyor ama bunun için ne yapması
gerektiğini bilmiyor," demişler.
Bilge Adam Arif gülümsemiş ve "Size kraliçenin küçük
bir oğlu olması için ne yapması gerektiğini söyleyeceğim,"
demiş.

And he picked up an apple,
and he gave it to the fairies,
saying,

"Give this apple to the queen
and tell her to eat it. If she eats
it, she will have a little boy."

So the fairies took the apple
and flew back to the queen.

"Your Majesty, we have been
to see the wise man, Arif, who
knows everything," they told her,
"and he says that you should
eat this apple. If you eat it, you
will have a little boy for a son."

Bir elma çıkarmış ve elmayı perilere verirken, "Bu elmayı kraliçenize verin ve yemesini söyleyin. Eğer yerse küçük bir oğlu olacak," demiş.

Böylece periler elmayı almışlar ve kraliçenin yanına geri uçmuşlar.

"Majesteleri, her şeyi bilen Bilge Adam Arif'i görmeye gittik," demişler. "O da bu elmayı yemeniz gerektiğini söyledi. Eğer bu elmayı yerseniz küçük bir oğlan çocuğunuz olacakmış."

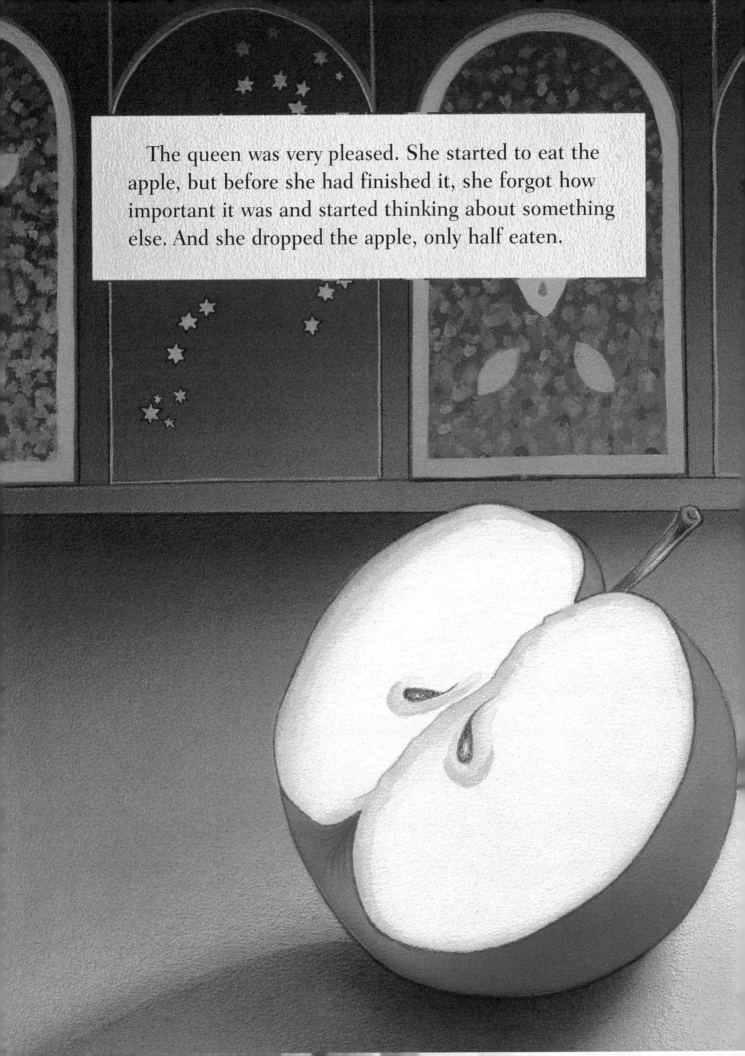

The queen was very pleased. She started to eat the apple, but before she had finished it, she forgot how important it was and started thinking about something else. And she dropped the apple, only half eaten.

Kraliçe çok sevinmiş. Elmayı yemeye başlamış
ama daha bitirmeden yaptığı şeyin ne kadar
önemli olduğunu unutup başka bir şey düşünmeye
başlamış. O sırada da yarısını yediği elmayı yere
düşürmüş.

And she did have a little boy.
But, because she had eaten only half of
the apple, the boy she had was a half-boy.

He had one eye and one ear, one arm
and one leg, and he hopped wherever
he went.

The queen called him Prince Neem,
because "neem" means "half" in
the language of that country.

Sonra küçük bir oğlu olmuş. Ama elmanın yalnızca yarısını yediğinden oğlu da yarımmış. Oğlanın yalnızca bir gözü, bir kulağı, bir kolu ve bir bacağı varmış. Her yere zıplaya zıplaya gidiyormuş. O ülkenin dilinde 'nini' kelimesi 'yarım' anlamına geldiğinden, kraliçe ona Prens Nini adını koymuş.

As he grew bigger, Prince Neem went everywhere on a horse. As a half-boy, he could get around better on a horse, because he didn't have to hop.

He became very clever at riding his horse, and he grew to be a very clever little boy in every way.

But he got bored with being a half-boy, and he used to say, "I would like to be a whole boy. How can I become a whole boy?"

And the queen would answer, "I'm sure I don't know."

And the king would say, "I have no idea at all."

Biraz büyüyünce Prens Nini her yere
atıyla gitmeye başlamış. Zıplaması
gerekmediğinden, yarım bir oğlan olarak
ata binmek çok daha kolaymış.

Hem atını çok zekice kullanmaya
başlamış hem de her konuda çok zeki
küçük bir oğlan olmuş.

Ama yarım bir oğlan olmaktan
sıkılmış ve "Ben de tam bir oğlan
olmak istiyorum. Nasıl tam bir oğlan
olabilirim?" demeye başlamış.

Kraliçe "İnan ben de bilmiyorum,"
diye yanıt vermiş.

Kral da "En ufak bir fikrim yok,"
demiş.

And the fairies, when they came to hear about it, said, "Perhaps we should go and ask the wise man, who knows everything, how Prince Neem can become a whole boy."

So the fairies flew through the air to the place where Arif the Wise Man lived, and they said to him,

"We are the fairies who came to see you about the Queen of Hich-Hich who wanted a little boy, but he is only a half-boy, and he wants to be a whole boy. Can you help him?"

Bunu duyan periler,

"Acaba Prens Nini'nin nasıl tam bir oğlan olabileceğini gidip her şeyi bilen bilge adama mı sorsak?" demişler.

Sonra havalanıp Bilge Adam Arif'in yaşadığı yere uçmuşlar ve ona,

"Biz daha önce Hiçhiçistan kraliçesinin oğlu olması için gelen perileriz. Bir oğlu oldu ama çocuk yarım bir oğlan olarak doğdu. Tam bir oğlan olmak istiyor. Ona yardım edebilir misin?" diye sormuşlar.

And Arif the Wise Man sighed and said, "The queen ate only half the apple. That is why she had only a half-boy. But, since that was so long ago, she cannot eat the other half. It must have gone bad by now."

"Well, is there anything that Neem, the half-boy, can do to become a whole boy?" asked the fairies.

"Tell Neem, the half-boy, that he can go to see Taneen, the fire-breathing dragon. He lives in a cave and is annoying everyone around by blowing fire all over them. The half-boy will find a special, wonderful medicine in Taneen's cave. If he drinks it, he will become a whole boy. Go and tell him that," said Arif the Wise Man.

So the fairies flew into the air, and they didn't stop flying until they came to the palace where the king and the queen and Neem, the half-boy, lived.

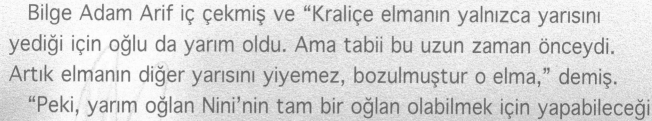

Bilge Adam Arif iç çekmiş ve "Kraliçe elmanın yalnızca yarısını yediği için oğlu da yarım oldu. Ama tabii bu uzun zaman önceydi. Artık elmanın diğer yarısını yiyemez, bozulmuştur o elma," demiş.

"Peki, yarım oğlan Nini'nin tam bir oğlan olabilmek için yapabileceği bir şey var mı?" diye sormuş periler.

"Yarım oğlan Nini'ye söyleyin, gidip ateş püskürten Ejdarha Tinus'u bulsun. Bir mağarada yaşıyor ve sağa sola ateş püskürtüp durarak herkesi rahatsız ediyor. Yarım oğlan, Tinus'un mağarasının içinde çok özel ve muhteşem bir ilaç bulacak. Eğer o ilacı içerse tam bir oğlan olacak. Gidip haber verin ona," demiş Bilge Adam Arif.

Periler tekrar havalanıp kraliçe, kral ve Nini'nin yaşadığı saraya kadar hiç durmadan uçmuşlar.

When they got there, they found Prince Neem and said to him,
"We have been to see Arif the Wise Man, who is very clever and
knows everything. He told us to tell you that you must drive out
Taneen the Dragon, who is annoying the people. In the back of
his cave you will find the special, wonderful medicine which will
make you into a whole boy."

Saraya varınca Prens Nini'yi bulup ona,

"Çok zeki olan ve her şeyi bilen Bilge Adam Arif'i görmeye gittik. Herkesi rahatsız eden Ejderha Tinus'u mağarasından dışarı atmanı söyledi. Mağaranın arka tarafında senin tam bir oğlan olmanı sağlayacak çok özel ve muhteşem bir ilaç varmış," demişler.

Prince Neem thanked the fairies, got on his horse, and trotted it to the cave where Taneen the Dragon was sitting, breathing fire all over the place.

"Now I am going to drive you out, Dragon!" cried Prince Neem to Taneen.

"But why should you?" asked Taneen.

And Prince Neem said, "I am going to drive you away because you keep breathing fire all over people and they don't like it."

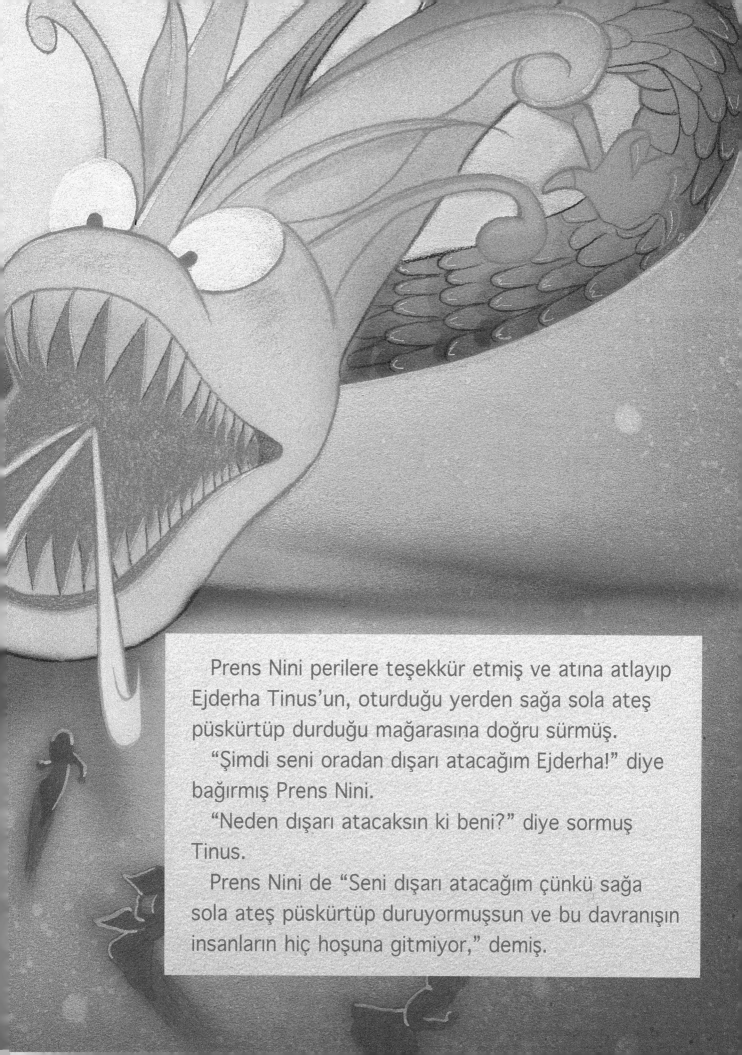

Prens Nini perilere teşekkür etmiş ve atına atlayıp Ejderha Tinus'un, oturduğu yerden sağa sola ateş püskürtüp durduğu mağarasına doğru sürmüş.

"Şimdi seni oradan dışarı atacağım Ejderha!" diye bağırmış Prens Nini.

"Neden dışarı atacaksın ki beni?" diye sormuş Tinus.

Prens Nini de "Seni dışarı atacağım çünkü sağa sola ateş püskürtüp duruyormuşsun ve bu davranışın insanların hiç hoşuna gitmiyor," demiş.

"I must breathe fire because I have to cook my food. If I had a stove to do my cooking on, I wouldn't have to do it," replied Taneen sadly.

"I could give you a stove to do your cooking on. But I must still drive you out," said the prince, and the dragon replied,

"Why should you, if I stopped breathing fire over people?"

"I would have to get you to go because you have got a special, wonderful medicine in the back of your cave. If I drink it, I can become a whole boy, and I want to be a whole boy very much," said Neem.

"But I could give you the medicine, so that you would not have to drive me away to get it. You could drink it, and you would become a whole boy. Then you could go and get me a stove, and I would be able to do my cooking, and I wouldn't have to blow fire all over people!" said the dragon.

"Yemeklerimi pişirmek için ateş püskürtmek zorundayım. Yemek pişirebileceğim bir fırınım olsaydı böyle yapmak zorunda kalmazdım," demiş Tinus üzülerek.

"Ben sana bir fırın verebilirim. Ama yine de seni dışarı atmak zorundayım," demiş prens.

Ejderha da, "İnsanlara ateş püskürtmeyi bırakırsam beni neden yine de dışarı atman gerekecek ki?" diye sormuş.

"Seni çıkarmak zorundayım çünkü mağaranın arka tarafında özel ve muhteşem bir ilaç varmış. Bu ilacı içersem tam bir oğlan olabilirmişim. Ve tam bir oğlan olmayı çok istiyorum," demiş Nini.

"Ama ilacı sana ben verebilirim, böylece beni dışarı atmana gerek kalmaz. İlacı içip tam bir oğlan olursun ve sonra da gidip bana bir fırın getirirsin. Ben de yemeklerimi fırında pişiririm ve insanların üzerine ateş püskürtmeme de gerek kalmaz!" demiş ejderha.

So Neem waited while the dragon went into the back of his cave. Presently Taneen came back with a bottle of the special, wonderful medicine.

Prince Neem drank it all down, and in less time than it takes to tell, he grew another arm, another side, another leg, another ear and everything.

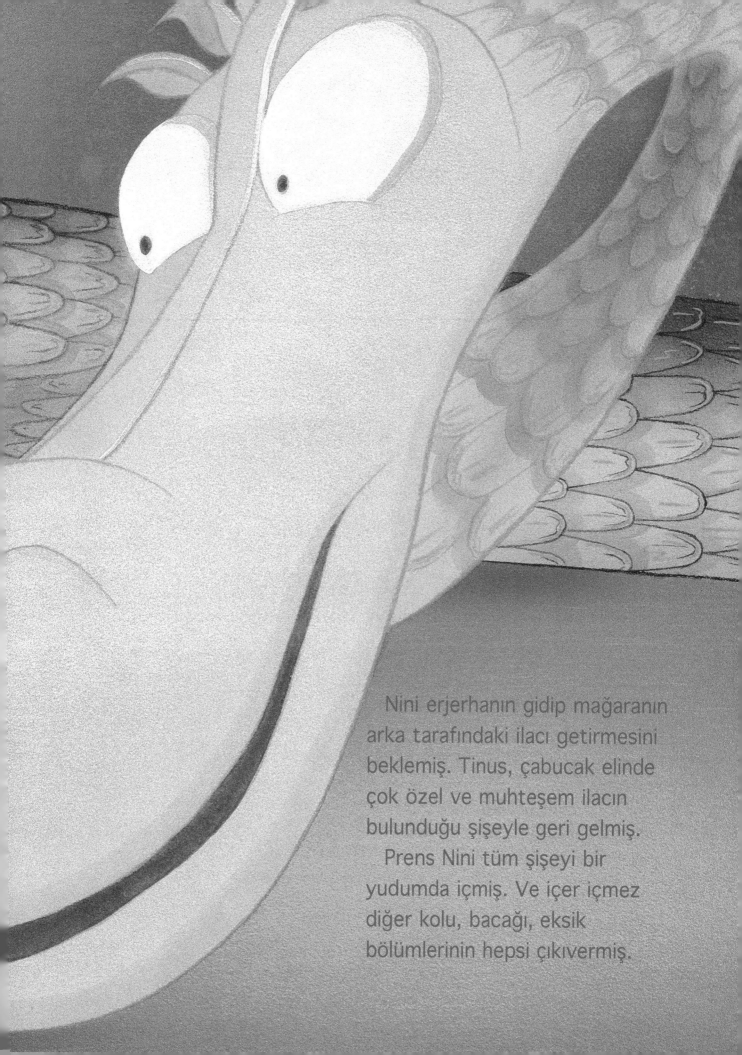

Nini erjerhanın gidip mağaranın arka tarafındaki ilacı getirmesini beklemiş. Tinus, çabucak elinde çok özel ve muhteşem ilacın bulunduğu şişeyle geri gelmiş.

Prens Nini tüm şişeyi bir yudumda içmiş. Ve içer içmez diğer kolu, bacağı, eksik bölümlerinin hepsi çıkıvermiş.

He had become a whole boy!
And he was very, very pleased.

Artık tam bir oğlanmış!
Ve de artık inanılmaz mutluymuş!

He got on his horse and rode quickly back to the palace at Hich-Hich. There he fetched a cooking-stove and took it back to Taneen.

And after that Taneen the Dragon lived quietly in his cave, and never blew fire over anyone again, and all the people were very happy.

Atına atlayıp hızla Hiçhiçistan'daki saraya gitmiş.
Hemen bir fırın alıp, fırını Tinus'a götürmüş.
O günden sonra Ejderha Tinus mağarasında
sakin sakin yaşamış. Bir daha hiç kimseye ateş
püskürtmemiş ve tüm insanlar çok mutlu olmuş.

From then on,
Neem, the half-boy,
was called Kull,
which means "the
whole-boy" in the
language of Hich-
Hich.

It would have
been silly of him to
be called a half-boy
when he was a whole
one, wouldn't it?

Yarım oğlan Nini'ye
artık Mar diyorlarmış.
Çünkü Hiçhiçistan
dilinde mar kelimesi,
tam anlamına
geliyormuş.

Tam bir oğlanken
herkesin ona yarım
oğlan demesi çok
saçma olurdu zaten
öyle değil mi?

And everyone lived happily for evermore.

Ardından herkes sonsuza kadar mutlu mesut yaşamış.

www.hoopoebooks.com

Other Titles by Idries Shah for young readers:

İdris Sah'in genç okurlara hitap eden diğer eserleri:

The Farmer's Wife / Çiftçinin Karısı

The Silly Chicken / Budala Tavuk

*The Lion Who Saw Himself in the Water /
Kendini Suda Gören Aslan*

*The Clever Boy and the Terrible, Dangerous Animal /
Zeki Oğlan ile Korkunç ve Tehlikeli Hayvan*

Fatima the Spinner and the Tent / İplikçi Fatma ve Çadır

For the complete works of Idries Shah, visit:

İdris Şah'ın tüm eserleri için:

www.Idriesshahfoundation.org

ISBN: 978-1-953292-96-4

First English Hardback Edition 1998.2003, 2007, 2009, 2015
Paperback Edition 2007, 2009, 2015
This English-Turkish Bilingual Paperback Edition 2022

www.hoopoebooks. com

Published by Hoopoe Books,
a division of The Institute for the Study of Human Knowledge

Library of Congress has catalogued a previous English language only
edition as follows:

Shah, Idries, 1924-
        Neem the half-boy / by Idries Shah; illustrated
by Robert Revels & Midori Mori.
                        p.   cm.
        Summary: Because she does not faithfully follow the instructions of Arif the Wise Man, the Queen
of Hich-Hich gives birth to a half-boy, who grows up to be very clever and confronts a dragon in an effort to
become whole.
        ISBN 1-883536-10-3 (hard)
        [1. Fairy tales. 2. Folklore.] I. Revels, Robert, ill.
        II. Mori, Midori, ill. III Title.
        PZ8.S336Ne   1997
        398.22--dc21
        [E]   97-6321
                                                        CIP
                                                        AC